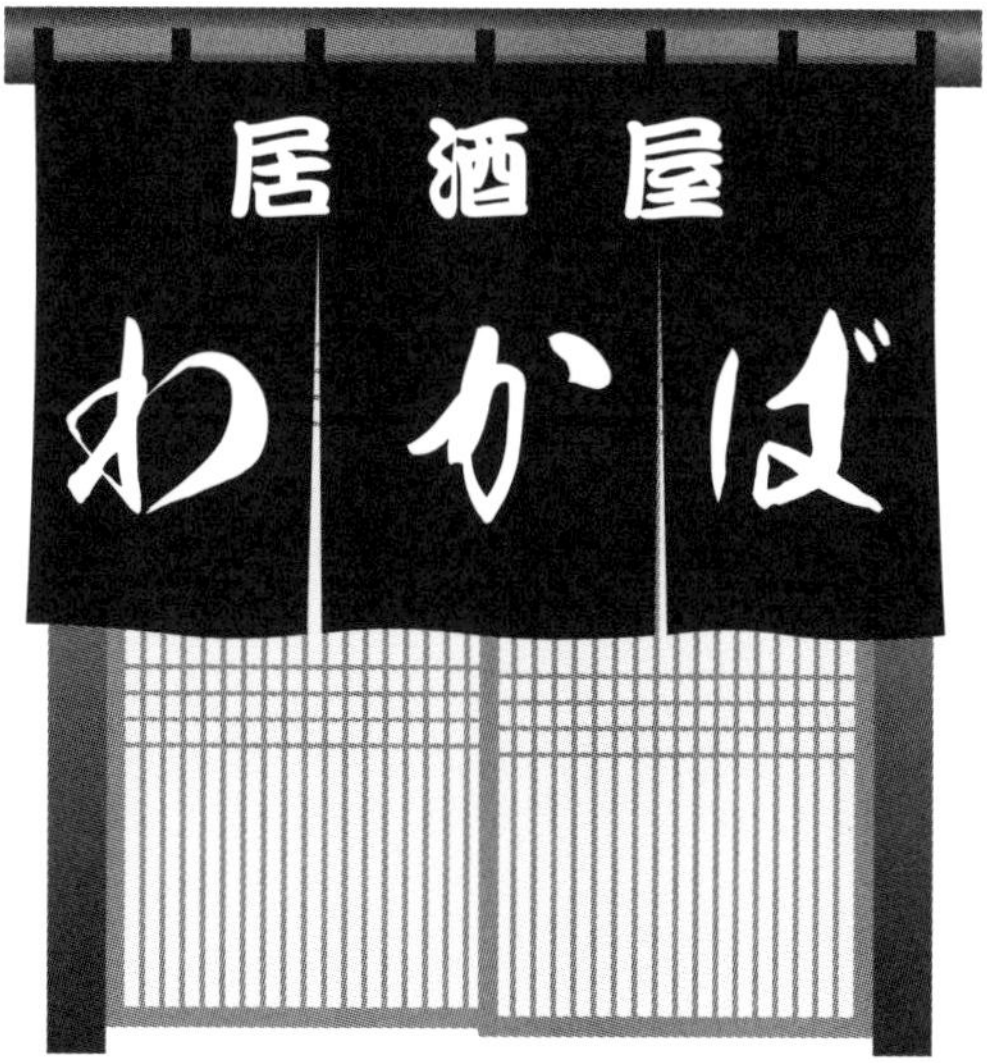

大巌 しゅんゆう

DAIGAN Shunyu

文芸社

「人は苦労の種子にきっと新しい芽を出す。
そんな思いで『わかば』って名前にしたのよ」
このお店は、家《うち》に持って帰れない話を置いていく所。
飲んで話して元気もらって、頑晴る。
そう、
「明日からも願張る」

居酒屋わかば　◎　目次

春

野蒜の苦み

「あら、リエちゃん、いらっしゃい」


平成とはいえ、まだ昭和の名残のある頃。

稲荷神社の観光地として賑わうこの町の、一軒のお店。

「居酒屋わかば」

お店は、稲荷神社前の門前通りの脇道を西に入るとすぐの駅前大通りの一角にある。

店の前を通ると演歌の音がこぼれてくる。

暖簾をわけて木枠の引き戸を開けると、戸車がガラガラという音を立てる。

その音に、「おかあさん」と呼ばれている店主が振り向き、彼女の明るい声で迎えられる。


「リエちゃん、いつものね？」

リエちゃんは八十歳のおばあちゃん。

「ありがと」

ひとまずのやりとりに、鼻の頭にかかった分厚いメガネ越しに、上目遣いで礼を言う。

「はい、焼酎のお湯割り梅干し入れとお通し。リエちゃん、最近顔見せなかったけど、どうしてたの？　何かあった？」

「なんたるちーや」

　何かとこれである。


　一九六〇年代に流行ったギャグらしいが、リエちゃんは、「何でもないさ」とか「何とも言えないさ」「悩むことないさ」と、最後には「言いようがないよ」といった、多様な意味で使っている。

　ある日、とにかく話を聞いてもらいたくて、お酒の勢いも手伝って真面目に相談すると、いつものようにウンウンと話を聞いてくれたが、「どう思う？」と尋ねると、答えは、

「なんたるちーや」

おかあさんがすぐに、

「リエちゃん、ビールもらっていい？」

と言う。これは言い換えれば「お話ししましょ」。おかあさんも心配なのである。

「なんたるちーや」

ビールグラスに注いで、カウンター越しに椅子に腰掛け、

「リエちゃん、いただきます、乾杯」

「この若竹煮美味しいねぇ。こっちは……野蒜《ノビル》かい？　春だねぇ」

野蒜に酢味噌を絡めて、いつも通り、焼酎のお湯割り梅干し入れをちびりとやっている。

「ねぇねぇ、リエちゃん。いつも梅干し割り飲んでるけど、他には飲まないの？」

カウンターの隣に座っているのは大輝と亮。夜間定時制高校に通っている。

大輝が尋ねた。

「これが美味しいねぇ。これが一番」

「へぇ、梅干し潰さないでそのまま入れて美味しいの？」

「それは最後の楽しみさ。それに梅入れると体にもいいの」

「へぇ、他に何か美味しいのないかな」

「そうだねぇ……キュウリ入れると美味しいよ」

「キュウリ!!」

「何それ？」

大輝と亮の信じられないという顔を見ておかあさんが、

「そうだよ。キュウリ入れるとメロンの味になるんだよねぇ」

「マジで言ってんの？」

「そうだよぅ。焼酎の水割りに千切りにしたキュウリを入れるだけ。若い頃は食べる物がなくてねぇ、これ飲んで、メロンってこんな味なんだぁって」

「おかあさん、それちょうだい。お前どうする？」

隣の亮に尋ねた。

「僕はこれでいいですよぉ」


二人は十八歳、居酒屋での食事はいいが、飲酒はできない。

とはいえ、盆に正月、法事の席と、何かと親族一同が集まっての酒席が多かった時代。

火鉢を股座《またぐら》に挟んで、スルメや干し芋や餅を焼いて、タバコを吸っては灰皿代わり。湯を沸かしておいて冷めた燗を温め直したりもしていた。

酩酊したオヤジは小学生にも「こういう席だ、飲め、飲め」とすすめるのがどこにでも見られた風景であった。

だから酒もタバコも覚えるのは早かった。

周りはその光景を喧《やかま》しくは言わず見ていた。自分たちもそうだった、と。

時代の順送り、それでよかった。

「ホントだ。メロンの味がする！　マジうま!!　ちょっと飲む？」

大輝がグラスを亮の前にすすめると、

「んじゃ、一口もらいます。……ああ、ホントですね、メロンだ」

「お前も頼めば」

「いやぁ、やっぱり僕はこれでいいですよぉ」

生ビールのジョッキに手を掛ける。


「いいねぇ、今はいつでも野菜が獲れるから。夏のものだったのにねぇ」

「それじゃ、またカンパーイ」

「リエちゃんもカンパーイ」


「いやぁ、今週もお疲れさまでしたねぇ」

亮が言うと、「オレたちがんばってるよな」と大輝。

「どっち向いて?」

リエちゃんは何気なく添える。

「あんたたちのことだから明後日の方、向いてんだろ」と、おかあさん。

大輝と亮は「そりゃねぇよ」と返す言葉が浮かんだが、言い返せるほど根拠がないことは分かっていた。相手には老練な言葉と間の深みがある。

「いやぁ、とりあえず頑張ってるんですからいいじゃないですかぁ。ねぇ、大輝さん」

亮がそう言うと、言うとわかっていたとばかりに、リエちゃんが、

「見当外れに頑張られても困るんだよ」

と、やさしく笑みを浮かべて諭した。

大輝と亮の二人は、日中人材派遣の仕事をしながら夜間定時制高校に通っている。

二人は、特別に勉強に追われている様子もなく、どちらかというと労働の疲れか、それとも土曜で学校は休みなのに今週も派遣の仕事が入り、そんな自分の境遇に殆《ほとほと》うんざりしているのか。

見た目には普通の高校生でも、全日制の高校生のような真面目さとか不真面目さとはまた違う、擦れた落ち着きがある。ただそれも学生の時分という面の無邪気さで、キュウリを入れた焼酎というだけで、片隅にそっとしてある気持ちを起こすのに十分で、華やぐし、勢いよく走り出す。

「ちょいと大輝、一気はおよしよ」

見ると大輝が、キュウリの水割りの前に飲んでいた生ビールの残りを飲み干している。

「いやぁ大輝さん、今日も呷る時の肘の角度がいいですねぇ」

「寝た子が起きたね。いいねぇ、若い子と話してると元気もらうよ」

「これも食べるかい？」

「何これ？　らっきょ？」

「これはエシャロット、お味噌つけると美味しいよ」

笑いながらリエちゃんが皿を二人に差し向ける。


リエちゃんはいつも入り口に一番近いカウンターの端の席に座り、特に誰かと話をするでもないが、周りで話す人を見たり聞いたりして笑っている。

しかし別に話が聞こえているわけでもない。温度を感じている。

言葉には温度がある。

カウンターに椅子が八脚、小上がりの座敷には四人で囲める座卓が二卓ある。

そこで飲んだり、カラオケをうたったりと、常連が集まりワイワイとしている。

彼らが口にする言葉は温度を持つ。それは店主が醸し出すものによってで、
それが店のあたたかさとなる。

九時も過ぎた頃である。

リエちゃんは帰り、グラスを片付けているおかあさんが呟いた。

「今日は珍しく、リエちゃんよく喋ってたねぇ」

「そうなんですか？　私はリエさんとよく話しますよぉ」

いつの間にか大輝と席が入れ代わった亮が、聞かれてもいないのに答えた。

亮は言葉などは大人びているが、実のところ内気で、どこかのんびりとした性格で、それを周りから揶揄されても、頑なに認めない青年であった。

一方、大輝は、若さと勢いだけの向こう見ずの青年らしさがあるとも言えるが、つまりは何も考えていないだけで、今だけ、それだけ、楽しいだけなのである。

それも仕方ないことか。

二人の今の生活環境は、誰か、いわゆる大人に用意してもらったものであり、頑張って努力はしているが、そこは動物園のように環境と安全を用意された窮屈さを持て余しているのだ。

だからここ、わかばの時間は二人にとって、しばしの閑暇《かんか》を得られるのだ。

もうこの時間になると、二人の会話はくたびれていて、大輝と向き合っていた亮は背中越しのおかあさんの一言に振り返った。

「あんたたちはがさつなのがいいのかねぇ」

そう言い残して食器をのせたお盆を持って奥へと行ってしまった。

ふと亮が、

「そういえば、何でリエさんはキュウリ入りの焼酎を飲まないんですかねぇ。今日もずっと梅割りでしたし」

と大輝に尋ねた。

「オレに聞くなよ、知らねぇし。おかあさん、どうなの？」

洗い場に戻ってきたおかあさんに大輝がカウンター越しに聞く。

「そうだね……たぶん思い出すからじゃないかな」

「思い出す？」

「リエちゃんはね、旦那さんを戦争で亡くしてねぇ」

「ああそう言えば、戦争って、ここら辺も結構ひどかったんでしょ。何か聞いたことある」

「私は生まれたばかりで、母が私を負ぶって逃げて防空壕に隠れたりしたみたいだよ。でも、なんか嫌な予感して防空壕飛び出したら、その後に爆弾が防空壕直撃したってさ」

「マジでか⁉　いたら死んでたじゃん」

　この辺りは軍事基地があったこともあり、ずいぶんと空襲が激しかった。たくさんの慰霊碑もあり、毎年八月十五日には戦没者慰霊祭も行われ、戦没者の御霊鎮魂のため、みたま祭りも駅前大通りを封鎖して市をあげて行われている。

「ずいぶん前だけど、キュウリの焼酎飲んでた時に戦争の話をしてたよ」

　小上がりの座敷では、仕事帰りの若いサラリーマンが酒を楽しむというより酔いを楽しんでいるように盛り上がっている。

狭く隔てない店内では、陽気と陰気と溜め息が隣り合う。聞くでもなく流れている演歌は、ハーモニーとしてどの話も邪魔しないでいてくれる。

カウンターでは、こちらはこちらのペースで酒がすすむ。

「鬼畜米兵なんて言うけど、日本でも撃ち落としたアメリカの飛行機から兵隊ひっぱり出して、木に縛り付けて竹の槍で叩いたり刺したりしてたのを、リエちゃん見たってたよ」

「ひどくね」

「そりゃ、お国のため、戦争行ってる旦那の応援と思っていたからでしょ」

「えっ⁉ 女の人がやってたの？」

「そりゃああんた、男はみんな戦争行ってるもの」

戦時中、新聞には、大日本帝国が善戦しているという情報だけが載っていた。

「緊急人員募集！ あなたもお国のために爆弾を運ぼう」という国民の戦争意

識をあおる募集欄が第一面に掲載されていた。

「そんな中、リエちゃんも女手一つで子供を育てて、子供を食べさすのにいっぱいいっぱいで、自分はあんまり食べなかったんだろう。甘いものなんてなかった頃だけど。ほれ、あんた、さっきも言ってたろ。キュウリは夏のもんだって。今と違って季節のものしかなかったんだから、こんな時期にはキュウリなんて口に入らなかったんだよ。だからキュウリの焼酎がメロンの味でも、その頃の『思い出』の味なんだろうねぇ」

そして少し間を空け、少し強い口調で言葉を続けた。

「さっき、リエちゃん、『どっち向いてさ』って言ってたろ。酒も思想も同じだよ。飲まれて頭がぼうっとなっちゃうと、訳分かんないままになっちゃうんだからね。あんたたちも、あんまり飲んだらいけないよ。気をつけなさいよ」

――酒は悲しい味の記憶なのだろうか、ほのかな甘い幸せの味なんだろうか。

「なんたるち〜や〜」

大輝が亮に向けて鼻歌交じりにリエちゃんの真似をする。

「大輝さん、目がとろんとしてますよ、大丈夫ですかぁ。さぁ帰りましょう」

「まったくもう、この子は。先が思いやられるよ」

大輝のいつもの調子におかあさんの心配が向けられる。

「ちゃんと方向性持ってやんなよ」

(言っても聞こえないだろけど)

思いながらもポツリと洩らすように言った。

＊

変わらない味は、その時の思い出を誘う。

酒は、その何とも切ない気持ちに酔いを添えてくれる。そして切なさもほどけるような気持ちにしてくれる。

飲みたい時の酒がある、飲みたくない酒もある。

ここ居酒屋わかばには、失った温かみを感じられる席がある。切なさをほどいてくれる酒がある。

夏

タバコの煙

タバコが二百五十円前後、自動販売機で二十四時間、誰でも買えた頃。

しかし世間では「タバコが高くなったなぁ」「まだ高くなるらしいぞ」と噂されていた。

子供がお使いでタバコを買ってくることもあった。お釣りが儲けになるし、軽い物なので喜んで行ったものだ。

居酒屋では店の人に頼めば買いに行ってくれた。

車にも灰皿が作り付けになっており、新幹線は喫煙車両の方が多かった。

禁煙のお店など珍しく、ここ、わかばでは座れば、瀬戸物の灰皿が出てくる。

郵 便 は が き

料金受取人払郵便

新宿局承認

2524

差出有効期間
2025年3月
31日まで
(切手不要)

1 6 0-8 7 9 1

1 4 1

東京都新宿区新宿1－10－1

(株)文芸社

愛読者カード係 行

お名前《ふりがな》			明治 大正 昭和 平成 年生 歳		
ご住所《ふりがな》	□□□-□□□□			性別 男・女	
お電話番号	(書籍ご注文の際に必要です)	ご職業			
E-mail					
ご購読雑誌(複数可)			ご購読新聞 新聞		

最近読んでおもしろかった本や今後、とりあげてほしいテーマをお教えください。

ご自分の研究成果や経験、お考え等を出版してみたいというお気持ちはありますか。

ある　ない　内容・テーマ(　　　)

現在完成した作品をお持ちですか。

ある　ない　ジャンル・原稿量(　　　)

書　名			
お買上 書　店	都道　　　市区 府県　　　郡	書店名	書店
		ご購入日	年　月　日

本書をどこでお知りになりましたか?

1.書店店頭　2.知人にすすめられて　3.インターネット(サイト名　　　)

4.DMハガキ　5.広告、記事を見て(新聞、雑誌名　　　)

上の質問に関連して、ご購入の決め手となったのは?

1.タイトル　2.著者　3.内容　4.カバーデザイン　5.帯

その他ご自由にお書きください。

(　　　)

本書についてのご意見、ご感想をお聞かせください。

①内容について

②カバー、タイトル、帯について

弊社Webサイトからもご意見、ご感想をお寄せいただけます。

ご協力ありがとうございました。

※お寄せいただいたご意見、ご感想は新聞広告等で匿名にて使わせていただくことがあります。

※お客様の個人情報は、小社からの連絡のみに使用します。社外に提供することは一切ありません。

■書籍のご注文は、お近くの書店または、ブックサービス(0120-29-9625)、セブンネットショッピング(http://7net.omni7.jp/)にお申し込み下さい。

「あらぁ、ヤスくん、久しぶり」

歳の頃六十過ぎ。この時代、六十歳で定年退職であった。シャツをスラックスのズボンに入れるのがいつもの服装で、白髪交じりの中年のおじさんである。

「ビール？」

「うん、生」

「何か食べる？」

壁に貼ってある、いつも変わらないメニューを見て、

「……揚げ出し豆腐と枝豆」

「はい、まずはビール。今日はイワシの酢漬けよ。暑気払いにいいでしょう」

おかあさんは布のコースターの上にジョッキとその横にお通しを置き、いつものように灰皿を取ろうと手を伸ばすと、

「灰皿はいらない」

「……どうしたの？　タバコやめたの？」

あっけらかんとした聞き方である。

普段を知っている常連である。顔色や注文のやりとりで、ご機嫌を察するぐらいできるが、事と次第によっては気付かぬ振りも大切である。特に客のご機嫌に左右される商売であれば。

「いやぁ……」

そこで言葉が途切れた。

「………」

「ゆっくりしといて」

おかあさんはおつまみを作りにその場を離れた。

このお店に手のかかる料理は置いていない。それは、お客が話しかけてきた時、手がいっぱいで相手ができないといけないからで、この日も「ゆっくりしといて」とお客の前から離れたのはほんの少し横に場を移すだけで、そこで知らぬ顔して手のかからないおつまみを調理している。

他人を意識せず独りで自分と向き合える空間。
話せるようになった時、いつでも声をかけられる距離。

長く客商売をして生きてきたことで身に付いた肌感覚、それがここにはある。
自分から言い出したい時を待つ。

酒はその時間を埋めてくれる。

＊

夏といっても陽が沈めば、暑い中にも夜風の涼しさを感じられる過ごしやすさがあった。

そこで缶ビールのプルトップをカチッと開ければ、プシュッという音と共に気詰まりも抜けていくようだ。

七月は毎週日曜日の夜に、八月の市をあげて行われるみたま祭りのため、町内ごとに公園や神社で祭りの稽古が行われていた。

ラジカセで祭りの曲を流し、夜間定時制高校の生徒が太鼓を叩く。

彼らが働くいくつかの会社が祭りに協賛しているためである。

この夜間高校は寮生活である。四年制で、昼間は仕事に行き、仕事を終えて夕方五時三十分からの高校に通っている。

ここの生徒は酒も飲めばタバコを吸うのが大半である。ただ仕事の現場や長年続く伝統から、先輩後輩の年功序列に厳しく、また彼らの暗黙の「しつけ」が何やらあるらしく、とにかく上下関係はしっかりしており、先輩がタバコを吸うことを察知してライターの用意をするという気遣いというか、先輩の許可なく先に酒やタバコをやらない、といったおかしな統制はとれていた。

毎年、その生徒がみたま祭りで太鼓を叩く。フラストレーション解放の威勢のいい太鼓だ。

祭りといえば酒がつきもの。予行練習とはいえ、クーラーボックスにビールやジュースが入っている。

そこで、ただ酒にありつけるのも祭りの楽しみの一つだが、場を弁《わきま》えずに飲むのは野暮である。

しかし中には、意地汚く飲んでいるオヤジもいる。当人は見られていない、気付かれていないと思ってでもいるのか、いや、それは誰もが見て見ぬ振りをしているだけで白い目で見られているのだ。

夜間高校の生徒にも自分の立場が分からないのもいる。そもそもが未成年なので飲んではいけないのだが、勧めてもくるので、人間関係や場をわかっている高学年が、ちゃんと目を光らせて注意をする。

悪いことを目論む者ほど常識をよく知る。一番厄介なのは、悪いと自覚のないままそれをする者だ。

悪党は自分の親分を偉いと思う。そして徒党の中には徒党なりのルールができあがる。傍目には理解できないルールがこうして生まれてくる。


未成年が未成年を注意する。

「すすめられてから飲め」

「どうもすいませんでした」

まだ一年目なんだろう。こういう場である、自分から飲みに行くにしても世辞やヨイショの賢さも必要である。

そんな賑やかさから少し外れた電灯の少ない公園の片隅、一人の夜間高校生が太鼓のバチを腰に差し、タバコを持ち、街灯の柱に頭を凭れ掛かるようにして缶ビールを片手にボーッと休んでいた。

暗闇から二人の人影が近づいてくる。

青年は近づいてくる影に気が付かず、顔が分かるほど近くに来て、

「教頭先生⁉　あっ、こんばんは」

夜間高校の教頭先生も祭りの練習に来ていたのである。

青年はタバコもビールも隠す暇もなく、そのまま挨拶した。

「ああ、こんばんは。やっとるか」

すぐに生徒だと分かった先生は真っ直ぐに青年の目を見て、表情を動かすことなく、笑うとも怒るともなく、もちろん愛想もなく応えた。

そして言葉を続けた。

「いいか、君たちは半分は社会人だ。だから学校の門を出たら一人の社会人として見ている」

「……はい」

夜間高校は働いていることが条件で入学できる。つまり半分は社会人である。とは言え、十代で未成年である。

「一般の高校生と違い、ただの学生ではないから、校門を出てからのことは社会人としての判断でやっていることとして見ている。とやかく言わんけど、判断のある大人としてやってくれよ。自分に責任を持ってくれ。そのことだけは忘れないでくれよ」

真っ直ぐな目で言うと、太鼓の音が賑やかな祭りの練習の輪に戻っていった。

薄暗さの中佇む青年は、その明るさを遠く茫然と見つめる。

突如として光を当てられたことで、影の暗さに気付かされたのだ。それは、この影から出ることは許されてはいないという事実をも、突きつけられたのである。

自分が暗い所にいるという事実を教えてくれるのは光である。光の中での影は、遮られた所に相容れず共存する。

*

「ヤスくん、飲んでる？」

空いた揚げ出し豆腐の器を下げながらおかあさんが尋ねた。

「……オレさ」

枝豆の殻を放り出しながら眉間に皺を寄せ、溜め息交じりにはき出した。

「……健康診断で肺に影が見つかってさ」

「影が見つかったの、うん」

ゆっくりとした言い方でおかあさんは頷く。そして、客の斜め前で椅子に腰掛け、カウンターに腕と腕を重ねて置く。姿勢を少し斜めにして。

「それでCTで追《ぼ》って少しずつ大きくなってるから細胞も取って検査したけど……今のところ陰性なんだってさ」

「陰性ならいいんじゃないの？」

「一応陰性だけど、影があっていいなんてことないから、陰性でも取ってしまえって言うんだよ。簡単に言うけど……そんな簡単なことじゃないでしょ？」

下向き加減で話していたが、斜め前に座るおかあさんの顔をチラリと見て語気を強めた。

おかあさんが斜め前に座り姿勢も斜めにするのは、客との当たりを弱くするためである。正面から少しずれることで威圧感を和らげ、正面を見るという自然な行動で互いの視線を外せるのである。

おかあさんは客越しに遠くを見るようにして、ゆっくりと、

「人の体だと思って簡単に言うわよね。病を知っていても病の苦しみを知らないんだろうねぇ。自分は経験ないから」

「切られるの嫌だから、『これは何か悪さするのか』って聞いたらさ……『もっと悪くなればハッキリしますけど、今のところは何とも』なんて言いやがるんだよ、あの若い医者が」

「なに、その言い方。いくつなの、その医者」

「二十代じゃねぇかな。もっと悪くなればって言い方あるか⁉」

「若いのは口の利き方知らないのかしらねぇ」

「しかも、『タバコ吸ってますか？　ああ、タバコ吸う人にいいことは何もないですから』ってよぉ」

「なに、タバコが原因なの？」

「いや、とにかくタバコ吸ってる人間が悪いって口ぶりなのさ」

「言い方よ、言い方」

「『じゃあ、タバコやめたらいいのか？』って聞いたら、『やめなきゃダメだけど、やめたからって影が肺からキレイになくなるものじゃありませんから』って、淡々と、こっちが何言ってもその調子で言ってくるのさ」

バブル全盛の頃、「24時間戦えますか」というコマーシャルが流れ、家庭を顧みず仕事に専念する風潮であった。企業戦士なんて言われていた、あの頃――。酒席がコミュニケーションであり、飲めない者も付き合いで無理して飲んだ。酒はコミュニケーションの一環として欠かせないもので、酒は飲めなくてはいけないが酔ってはいけない。酩酊しては付き合いにはならない。仕事にならないという風潮であった。酒で人の本音を量り、タバコを咥えて仕事を進めていた。

好きで飲む酒もある、飲まずにいられない酒もあったのである。

「あの若造が何を知ってるっていうんだよ」

カウンターにもたれかかった腕を重ねるように叩きながら、歯を噛みしめたまま、おかあさんに訴えるように言った。

分かってもらえるとは思っていない。けれど簡単に分かったような言われ方をされるほど、行き場のない怒りに苛まれる。

そして胸の蟠《わだかま》りをはき出すように溜め息をついた。

言葉には温度がある。

言っていることが正しくとも、現実という冷酷さがある時には、いっそう冷たく感じられるものである。

「ヤスくんはよくやってきたと思うよ」

おかあさんは重い腰を上げるように立ち上がり洗い場に移ると、グラスを洗いながら独り言のように話し出した。

「営業の仕事好きじゃなかったんだろ？　私みたいにやってみたくて選んだ仕事じゃなくて、自分では向いてないと思っていることだったんだから。大変だったと思うよ」


本音をしまって仕事に向かう。

本音をタバコの煙と共にはき出し、酒で本音を流し込み、口では強がりのみで勤めてきた。


だから大きな時代の流れにどうすることもできず、居酒屋に立ち寄り、飲む。

家族に言えない愚痴がある。家族だからこそ言えないことがある。

それが話せる場所がある。気持ちを置きに来られる場所がある。
居酒屋に寄って、お酒に手伝ってもらって、笑い声に囲まれて……。

「タバコがこれまで支えてくれたんだから、悪いばっかりじゃないと思うけどねぇ。お出汁に醤油を入れれば美味しくなるけど出汁の風味は落ちる。お野菜を入れれば水っぽくなるけど旨味が出る。何でもプラスマイナスなんじゃないかねぇ」

言葉には温度がある。
同じ言葉でも伝わる温度次第で、言葉自体よりも伝わるものがある。

気持ちが温かくなったり、ヒヤッとさせられたり。

心持ち一つで、酒の味が変わってしまう。

格別な夏の夜のビールも苦くなる時もある。やけに喉に痛い時もある。


「おかあさん……」

「なんだい？」

「それって……タバコはいいってこと？」

「体にいいわきゃないさね。ただ人間には弱さってものがある。真っ直ぐに生きようとする時、カンフル剤が体にいいものばかりじゃなかろうねってこと」

「真っ直ぐやってきたかなぁ」

「曲がりなりにも家族が幸せになるようにって願張ってきたんだろ」

ヤスくんは照れ笑いを隠すようにビールを一口飲むと、

「何か今日のビールは炭酸キツイな」

そんな言い訳で目を潤ませた。

秋

一杯のジュース

旧暦の十月十三、十四、十五日に稲荷神社で秋の大祭が行われる。最終日は、門前通りから駅前通りまで車両通行止めで催されるみたま祭りと共にこの町の一大行事だ。

みたま祭りは盆踊りがメインで、駅前通りを車両通行止めにし建てた櫓を中心に一夜の踊りだが、秋の大祭は屋台が並んで三日間大勢の人出で賑わう。

旧暦十三日の深夜二時、稲荷神社で宮司による祈祷が行われるのだが、その神さまが来られる祈祷の時間は家の中にいなくてはいけないというのが習わしだ。もし、外に出て神さまを見かけてしまうと恐ろしいことが起きるというのだ。

そして午前十時には神社に奉納してある神輿が出る。

その時、境内では太鼓を打ち鳴らし厄難を退散させ、五穀豊穣を感謝する。大勢の人が神社に集まり、その活気の中で神輿を送り出し、町内を一周して帰るのを待つ。

＊

少し時をさかのぼる。

十一月二十五日、夕刻——。

参籠舎《さんろうしゃ》と呼ばれる建物が神社の一角にある。

そこに六名の男衆が精進潔斎《しょうじんけっさい》をして詰め、三日間の大祭でお迎えする神さまへの神饌《しんせん》を用意する。

参籠舎には、電気、ガスなどなく、薪を炊いて風呂を沸かし身を清め、薪で米を炊き、神饌を作り、神事が行われる本殿に運ぶ。


十一月二十六日、午前二時——。

ザワザワという雑木林を通る風の音以外、辺りは静まりかえっている。

街灯などなく真っ暗である。

とはいえ、十三夜の月明かりが木々の間から照らし、それを頼りに縁側で火打石を叩く音が響く。石に当たるたびに、ガチンガチンという音と共に火の粉が飛び一瞬だけ手元を照らす。それが真っ黒な炭化綿に落ちるとグズグズと稲光が走ったように燃えては消える。

何度目かの火が走った時、そこにあった和紙に燃え移る。すかさず手燭《てしょく》のローソクに移し、その灯りで灯明の灯心を点して回る。

飯炊き当番の寝ている部屋の灯明に灯りが点ると、布団を畳んでいる人影がぼんやり灯し出される。

皆、火打石を打つ音で目覚めているのである。

身支度の整った者から風呂場に行き褌になり、水垢離《みずごり》をし、先ほどの手燭の灯りを持って厨へ行き、昨晩から用意してある竈と風呂の薪に火が点けられ、神饌と自分たちの食事の準備にかかる。供物をたてまつるために酒や肉などの飲食をつつしみ、言行をつつしんで心身を清めた、神にまつろう者によって、一灯《いっとう》と炊き上がった一番飯は、本殿へ運ばれ斉《ととの》え奉《まつ》られる。

こうして始まりの一灯は減ることも欠けることもなく、各方面の奉りの準備へ向けられ、祭りの後には下げられた御神酒、神饌をいただく。神人共食《しんじんきょうしょく》——その恵みをいただくことは、神への供物で拡散したものを再び結び合わせ、更に人々に分かち合うことで一つに結ばれていく。

＊

こうして祭りの準備は進められ、今日は最終日の十五日。

「大輝に亮じゃない。あんたたち、来てたの」

おかあさんは神輿を見るための人混みの中で、彼らを見つけ声をかけた。

「おかあさんだ。ヤッホー、今年は日曜だからね」

「よかったねぇ、日曜日で。だいたい平日だけど、それでもさすがに祭りなんだから会社休めんだろ」


旧暦とは太陰暦、つまり月の動きによる暦のことである。
十三、十四、十五日に行うのは、十五夜の満月に向けて行うからである。
自然とは人の都合によらないことであり、五穀豊穣はその自然の恵みにもたらされる。大自然への畏れと感謝の神の行事は、人が合わせていかなければならないものである。

「まさか、休めはしないよ。会社でみんなで見に来るか、ちょっと抜けさせてくれるだけさ。学校あるし」

屋台で買ったジャンボフランクフルトにかぶりつく。

「おかあさんはいつも来るの？」

「秋の大祭かい、もちろん毎日来てるよ。あんたたち、何か飲むかい？　それとも神輿を見に行く？」

「えっ、いいの！　ラッキー!!」

驚くように目を見開いてから笑顔を浮かべて、

「ホントですかぁ。何か悪いですよぉ」

「大輝はホント嬉しそうに喜ぶねぇ」

おかあさんは二人を見比べてから亮に視線を止めた。そして「面白い二人だよ」と言うと、屋台へ並びに行った。

おごってもらったジュースを美味しそうに飲んでいる亮に、おかあさんが聞いた。

「ねえ、亮。あんた何かにときめいてる？」

「ええっ⁉　ときめきですかぁ？　そりゃぁ、何か……ねぇ……大輝さん」

「はっ？　オレ知らねぇし」

「何か亮を見てると、大輝について回ってるだけで、自分で行動してないようでさ。何かときめくことがあるのかなぁって思ったわけ。あんたたち、何か待ち遠しいってものある？」

「待ち遠しいこと？」

「そりゃ給料日でしょ。毎日仕事して、終わったら学校行って、あとは寝るだけだもん。たまんないよ、夏休みもないし。普通の高校生見て、青春いいなぁって、たまんなくなる」

大輝が即答すると、しばらくして、

「僕は日曜日ですかねぇ。朝がゆっくり寝れるのは幸せですよ」

亮が続けた。

「高校生の言うことじゃないねぇ、あんたたち。もっと他にないのぉ。あんたたち高校生なのに……」

そこで言葉が途切れた。

中学校卒業と共に寮に入り、普通の高校生と違って夏休みも冬休みもない彼らは、社会人と同じように土日の休みを楽しんでいるだけだ。

「何かしたいことないの？」と聞いてみたところで、夜間高校には部活もなく、習い事にも行けないため、大会や優勝をみんなで力を合わせてとかはない。また、彼らが通う夜間高校は男子校なので、全日制の女子生徒とは入れ違いになる。皆が帰る頃に通学する。学校帰りにあの子を今度の日曜日にデートに誘おうとか……なども無理なのである。

「まあ、まだ先は長いんだから、この先でときめくようなことが待ってるだろうね。でもね、歳とるとね、いろんなことに慣れてくるから、刺激を感じなくなってくるのさ」

「ときめかなくなるの？」

「そう。待ち遠しくならなくなって、いつの間にか日が経ってる」

「マジか！　どうしよ、何もいいことないままオッサンになったら」

「そりゃ、あんた、仕事して亮と一緒にお店でお年寄りと飲んでるだけじゃいいことなんてないわさ」

「でも、しょうがなくね⁉」

「まあねぇ、あんたたちは若いのに大変だと思うよ」


ドコドコドコドコ　ドコドコドコドコ　ドコドコドコドコ
「あら、神輿が出るね。いいの？　あんたたち」

「まっ、いいんじゃゃね」

「なっ？」

大輝は亮の方をチラリと見ると、

「ジュース買ってもらえたからいいですよぉ」

「なんだ、それ」

大輝はシラけたように言っておかあさんの方に顔を戻すと、

「おかあさんはいいの？」

「私は毎朝お詣りに来てるから、そんなに特別でもないのさ」

「そうなん⁉　スゲ‼」

「毎朝って、毎朝ってこと？」

「そうよぉ。この町はねぇ、ここがあるから人がやって来るの。それで、この神社が盛り上がって、ここの人たちが商店街で使ってくれるから、みんなの商売が上手くいくのさ。だからみんなで神さまを盛り上げて、それでご利益もらうんさ」

「おかあさんの店はあんま関係なくね」

「そんなことないよ。順繰り順繰りさね。人の気が悪くなれば景気も悪くなるからね」

「そんなもんなんだ」

「そうだよ。人が下手に自分だけもっといいようにって手を入れると、順繰りいってたのがおかしくなって、そのうち人にはどうにもならない事態を招いちゃうんだから。だから神さまを盛り上げるのさ」

「それで上手いことといくの？」

「知らないよ」

「なにそれ。じゃあ意味ないじゃん」

「昔から言うだろ。『この秋は雨か嵐かは知らねども今日のつとめに田草取るなり』ってさ」

「知らなぁい」

何か学校の授業くさい話に、大輝がうんざりそうに言う。

「まぁ、いいや。あんたたち、昨日の流鏑馬は見た？」

「昨日は来てない」

「そうかい。一度見てみるといいさ。的を狙って狙ってパッと矢を放つ。それが上手いこと当てるのさ。それでも外れる時もある。矢を放った後はどうしようもないからね」

「そりゃねぇ」

二人は年寄りの長話が始まったという顔をしたが、ジュースの恩もあり、

「人ができるのは狙って手放すまで、その後はお任せするしかないのさ」

「誰に任せんのさ?」

「神さま仏さまにさ」

「ふ〜ん」

二人はよく分からんという顔をしてズズッとジュースをすすった。

「ウチに来る和尚さんが言ってたよ。『世の中は巡ります。この数珠の玉を自分

の方へ自分の方へと手繰《たぐ》れば手繰るほど、下から向こうへ向こうへ出てっちゃいますよ』ってさ。『外に向かって人様に向かって手繰らば下から自分の方へ入ってまいります。損して得を取れではなく、損して徳を積ませていただくんですな』ってね。

あんたたちも、誰のためでも何かのためでもいいから、人が喜ぶことを喜びにできるように、そこにときめきをもってやんなさいよ。きっといいこと入ってくるから。

せしめようと我を張る人同士じゃ歪み合いにしかならないよ。相手を楽しませようとするから一緒に楽しくなれるのさ。そういう願いをしっかり張らなきゃいけないよ」

ワッショイ　ワッショイ
遠くで神輿を担ぐ声が、太鼓の雷鳴に負けじと聞こえてくる。
神さまのため、厄難を退散させるため、五穀豊穣のためと声を出している。

冬

うまい酒

「あら、会長、いらっしゃい」

「おっ」

左手に杖を持ち、右手で、頭の上で小さくシュッと上段斬りするような挨拶をする。小柄で、小さな酒屋のおじいさん。この店一番の高齢者である。

定席はカウンター一番奥、杖をつきながらゆっくり歩いていくと、

「会長、いらっしゃい」

「ふぁっ、ほっほっほっほ」

「おお、会長じゃん」

シュッと会長の挨拶の真似をする。

「いらっしゃい」

「ふぁっ、ほっほっほっほっほ」

常連客たちがみんな声をかける。それに対して、会長は数少ない歯を口元というよりシワで隠すようにして笑って応える。

「今日は寒い中をご苦労さま」

おかあさんは会長がコートを脱ぐのを手伝いながら言った。

「会長も寒くなかった？」

「焼香だけで失礼した」

「それがいいわ。熱めにする？」

「よきに任せよ。ふぁっ、ほっほ」

シワが呵呵大笑《かかたいしょう》しているようで、周りは見ていて気持ちいい屈託なさを感じる。

「宏子ちゃん、会長のお酒熱めにつくってあげて」

宏子は週に三日ほどお店を手伝っている。自分のことは言わないようにしているらしく、年齢もはっきりと言わない。小学生の子供がいるので四十前後であろう。端正な顔立ちで、酒場に似合うような派手さはなく、ただどこかベールに包まれた雰囲気がありとっつきにくい。でもおじさんが好む女性である。

「会長、今日はおかあさんと一緒だったの?」

できた熱燗を注ぎながら宏子が尋ねた。

「叩き出しがあってな」

「叩き出し？」

宏子が何のことだか分からないでいると、おかあさんが、

「ちょっと会長、今時、叩き出しなんて分かるわけないでしょ。お葬式のことよ」

「わしらの頃は葬列組んでカーンカーンと鐘を叩きながら送ったもんじゃよ」

「どこに送るのさ」

「墓場に送る。ふぁっ、ほっほっほっほ」

「会長を？」

「まさか⁉」

普段からあまり表情を崩さない宏子が言うと、わざとか本意か分からない。

おかあさんはいつものやりとりに言葉を添える。

「よきに任せよじゃな」

「会長、任せちゃダメ」

会長はこうした冗談を交わして笑っては熱燗を一本、あとは熱い緑茶で繋いでいく。


この頃はまだ葬儀会館などほとんどなく、自宅から送り出した。

数少ない葬儀会館は事情のある家が利用していたくらいだ。

元々は、通夜までを自宅で執り行い、棺は縁側より出て、葬列を組んで寺に向かうものだった。そこから今でも葬儀は「参列」すると言う。

寺に到着し引導を渡してもらった後、また葬列を組んで野辺《のべ》の送り。そして「野焼き」「土葬」の地へと向かうものだった。

その時、僧侶や一般参列者たちは鐘《かね》や鉦《しょう》を鳴らしながら送った。

悲しい進歩であるが、第二次世界大戦で大量の死者を出したことから、火葬の技術も進み、土葬から火葬へと移行していった。

「なに、会長、今日葬式だったん?」

会長の隣一つ分空けた席の大学生の恭平と一緒に飲んでいた康太が話に入ってきた。

康太は中学を卒業してからすぐに土木の仕事に就いていた。母と二人暮らしで、このお店には晩御飯を食べに母に連れられて来たのが始まりであったが、今では近くの大学生も立ち寄るこの店で、気の合った学生と一緒に飲み、カラオケをうたいに来る。


「寒かったべさ、今日なんて特に。いや、今もこいつに言ってたんだけどさ、山の方雪でわやなんだわ」

「馬の背に鞍が掛かると、この辺りは寒いでな」

会長は宙を手でなだめ、納めるように振る。仕方ないことだ、と。

「いや、そんなんじゃねんだって。オレらは夜中に雪掻きなんだっつうの」

「なに、康太、仕事なの？　どうりであんまり飲んでないと思った」

宏子は会長の徳利を持って促し、熱燗を注ぎながら言った。

「て言うか、飲んでて大丈夫なの？」

「大丈夫だよ。社長なんかギリギリまで飲んでるから。しかも、焼酎ストレートで。あれでもう六十過ぎてんだよ。バケモンだべさ」

この町は南に山脈がある。普段は気にもしない山なのだが、雪の季節になると、いつも峰の一部だけ雪が積もる所がある。すると、馬に鞍を掛けたような姿に見えてくる。

今年は特別に雪の多い冬である。だから鞍掛け峠の馬もいつもより白馬に見えてくる。

康太は後ろにいる恭平をさしながら、
「こいつにバイトすんべって言ってんのさ」
「なに、あんたんところ、雪掻きの仕事もするの?」
おかあさんは会長と康太の間の席に座り、

「会長、どうぞ」

酌をしながら康太に聞いた。

康太が自分の話ばかりするのが分かっているので、会長への気遣いである。

「知らねぇよ。社長の友達んところがウチに頼んできてさ。今年すんげぇ雪で線路の雪掻かねぇと貨物列車が走らねぇとか言ってさ。しかも急なことだから人手足りねぇから、日当払うから誰か友達いねえかって社長に言われてさ」

十二月に入り、世間はもうすでにクリスマス一色。

この町に山を越して飛んでくる雪が、降り積もる日は少ない。それでもどうやら今年は積もりそうな空模様である。

「どうせ彼女もいねんだし、いいべさ」

恭平はさっきからうつむいてタバコばかりを吸っている。タバコの灰を落としては、「何かいいことねぇかなぁ」とぼやいている。

「お前にあるわけねぇべや。何もやってねぇもん。オレなんか、仕事で頑張ればなんか結果出て喜ばれるもん。自分のことしかやってねんじゃいいことねぇべさ」

「会長うたう？」

熱燗の半分も飲んだ頃である。

「よ！　トンコ」

おかあさんはカラオケのリモコンを操作しながら囃す。

「ふぁっ、ほっほっほっほっほ」

♪　こうして　こうすりゃ　こうなると
　　知りつつ　こうして　こうなった二人

人は必ず死んでいく。
そのことは、これまでが長く、これからが短くなるほど、頭から拭えなくなってくる。
そのことは同じような歳の人の葬儀に参列すると痛感させられる。

喪主は家督を継ぐ者が務め、故人との生前の感謝を述べると共に、これからの家長としての挨拶もそこで行ってしまうということで、兄弟親戚はもちろんのこと、故人の縁故の人たち、仕事の関係、近所に至るまで知らせを出して行った。

「よきに任せよじゃ。ふぁっ、ほっほっほっほ」

ところが、人との繋がりに煩わしさという接着剤が不可欠なはずであるのに、人の勝手な都合で簡略していけば、いずれはどうなるか。

物事は簡素化し、そのことで事の親切さも簡素になる。その簡素化は人間関係にまで及び、人と人の繋がりを億劫なものにしていった。

多くの自分の時間と労力を、何か一つのために使うことでしか親密さは生まれてこない。目を見て話し、腹を割って話すことの肝要を知りつつも……。

簡素化はその時間を自分に向けていった。

人間関係に煩わされないという魅力は、人間関係の疎遠な繋がりの中にサービスの要求という、都合のよいことだけを他人を求めるようになる。

♪ 自分の浮気は　棚に上げ
留守に訪ねた　男は無いか
髪のみだれが　怪しいと
これが男の　くせかいな

酒は飲めなきゃいけないが酔ってはいけない。

飲む、打つ、買うの三堕落煩悩。どれもいってしまえば、頭がぼやけた、起きている酔夢人。

自分の目からしか物事を見ず、品性から顧みない。

「品性ばかりは金で買えない」

バブルで大当たりして頭のぼやけてしまった下品な連中にこの頃はよく言ったものだ。

人は環境の生き物である。こうしてこうすりゃこうなって、それで済んでいく。

その環境で済んでいくので、今度は「これで何が悪い」となってしまう。

ただ、オオカミ少年のように、人を騙してきた人間は、今度は相手が自分を騙そうとしているのではないかと勘繰るようになってくる。

他人を自分の心で見比べるように、棚上げして他人を疑う。

ねえ　トンコ　トンコ

いつも歌は「トンコ　トンコ」の大合唱で終わる。

「ハーックッション!!」

曲が終わると同時に恭平がくしゃみをした。

「ちょっと、せっかく会長の曲が終わったところで何さ」

宏子が恭平に強めに言う。

さっきからみんなが歌に合わせて楽しんでいたのに、一人眉間に皺寄せてタバコを吸っていたのが気に入らなかったのであろう。

「いや、出るものしょうがないでしょ」

せっかくの冬休みだというのに、これから雪掻きということが面白くない。かといって他に予定もなかった恭平は、とにかく今の境遇が面白くなかった。

ぶっきらぼうの恭平に向かっておかあさんは、

「恭平、くしゃみ止める方法教えたげよか」

「そんなものあるの？」

「あのね、ここ押さえるの」

鼻の下の溝、鼻の付け根の所を押して見せた。

「ここをね、なんか出そうだなって時に押すとね、止まるのさ」

「へぇ、そうなん」

「あとね、ウチの甥っ子が言ってたけど、くしゃみしたら『ブレスユー』って言う国があるんだってさ」

「ブレスユー？」

「そう、『bless you』。お大事にって意味なんだって。ただ神さまの祝福をみたいなことらしいんだよ」

「風邪ひかないように雪掻き行っといで」

＊

「さあ、恭平、行くべ」

九時も過ぎた頃、生ビール二杯で切り上げた康太は恭平と店を出た。

「寒み、十二時まで時間あるから、ちょっと俺ん家で休んでから行くべさ」

終電が終わるのを待ち、それからが仕事である。

「現場までどれくらいかかるん？」

「二十分くらいじゃねぇ。社長の車で行くから十二時前くらいに社長の家行くべさ」

康太の家はすぐ近所で歩いて着くと、母親がリビングでテレビを見ながらソファーで眠り込んでいた。

「おい、おっ母、風邪引くぞ。恭平来たから、ちょっと、ここ空けて」

母親が自室に入って行くのを見送ると、二人は何となくテレビを見てタバコを吹かす。

外は山からの風が雪を飛ばすように降り始めていた。

「さっ、そろそろ行くべ」

康太の運転で社長の家に着くと、五リットルの焼酎のペットボトルとグラスを傍に、肌は浅黒く、体は細く引き締まった男があぐらを組んでテレビを見ていた。

　すぐ側には、大きな石油ストーブのヤカンがシューシューと音を立てて、湯気を立ち上らせている。

「おう、時間か」

　しわがれた声ではあるが、声に強さがあり通る声である。

「社長、これ手伝ってくれる恭平」

「よろしくお願いします」

「おう、まあ雪搔くだけだから。若いから大丈夫だろ。よっしゃ行くか。現場に行く時は安全運転、帰りはすっ飛ばすがモットーだから」

「いつもこう言って遅刻すんの、ウチの社長」

「ったりめぇだろ。どうせ日当変わんねんだから」

　そんなことを言いながらバンに乗り込む。

普段は積もることのない雪も、今年は白く路面に積もり始めている。十分も走るとしっかりと雪が積もり、降雪の粒も大きくなり、見下ろす町は霞み、景色は一変している。

現場の駅に着くと、終電も終わり、駅員の姿もなく、雪がすべての音をかき消してしまったかのように静かであった。

降りしきる雪の中、ほのかに薄暗い駅の灯りは暖かく雪を溶かしていた。駅の灯りを頼りに二十人くらいがすでに集まっていた。作業着にヘルメットを被り、その上からフードを被っていた。

ファー付きの赤いダウンジャケットを着込んで、手にはクリップボードを持った男に社長が声をかけると、その男は集まった作業員に声をかけた。

「こっちに集まって。これから注意事項があるから」

大きく怒鳴り叫ぶように言う。その怒声さえも雪が降り落としてしまうようようである。

「まず一番大事なこと。笛が鳴ったら、すぐに線路の脇に避難すること。終電は過ぎてるけど貨物列車が通るから、一時間に二本くらいかな。仕事途中でもまず避難すること。逃げ遅れたら死ぬぞ。最悪、道具そのままでもいいから逃げろよ。

雪は、とにかく電車が通れるくらい、一〇センチくらいまで掻けばいいから。六時まではとにかくやるってこと。え〜と、掻いた雪は、脇の昼間に積んだ所に捨ててくれればいいから。それと、雪っていうか氷になってる所とか、押されてカチカチの所はツルハシ入れるから。

それだけかな……あとは休憩時間はとくに決めないから、各自の判断で休んで。ペットボトルはそこに置いてあるから飲んでいいから。

あっ、あと、作業にかかる時はフードとってヘルメットでやるように」

「以上。じゃあ取り掛かって」と言い終わると、社長の所に行き、何か話をしているのが遠くからでも分かった。時々白く大きくタバコの煙を吐くような息が見えることから談笑しているのである。


「なに、社長はやらないの？」

恭平は、初めて持つ大きな雪掻き用のそりで作業しながら、康太に聞いた。

康太は横目で睨むようにして言った。

「やんねんだな、あいつ」

しばらくするとピーッという音が鳴り響いた。

「おらぁ、逃げろぉ！　ぐずぐずすんな。死ぬぞ」

そう言い終わったかと思うと、

「おぉい、そこの奴！　さっさと逃げろ!!　馬鹿野郎」

ピーーッ
逃げようとしているのである。足が膝くらいまで雪に入り込んで抜けないでいる。

「さっさと逃げろよ！」

恭平はやっとのことで脇に逃れると康太が笑いながら、

「無理だっつうの、この雪で足抜けねぇから」

恭平は息を切らして、

「焦った。まだ電車来ないじゃん」

実際に電車が来るまでには時間があった。

一番遅く退避した恭平が息を切らしながら赤いダウンジャケットの指導員を見ると、すでに腕を組んで談笑していた。

みんなこの時間を利用してお茶を飲んだり、雪に座り込んだりして休んでいる。

「タバコ吸いながらやってた奴いたぜ。オレらも吸おうぜ」

康太は作業着からタバコを取り出すため手袋を外しながら恭平を見て、

「ってかお前、眉毛凍っててんじゃん」

笑って恭平の眉毛を突く。

「まじか⁉　うわ、前髪も凍ってる」

実際にはヘルメットのベルトの紐から作業服に付いているファーから髭から、雪の水分を含む鋭利な所は全部凍っていた。ただ肌着は暑さに蒸れた感触があり、あらい息づかいの口元だけは汗をかいたように濡れていた。

「暑いわ、ちょっとお茶飲む」

ペットボトルの蓋を開けて飲もうとすると、

「あれ？　出てこんぞ」

「凍ってんじゃん」

恭平はペットボトルを避難場所に置いていた。

「ははっ、恭平ダメだって、ポケットに入れとかなきゃ」

康太はタバコに火をつけながら、忙中《ぼうちゅう》の閑《かん》を楽しむように笑っている。

ダダン　ダダン　ゴォォォォー　ダダン　ダダン

貨物列車が休んでいる人のすぐ側を流れるように通り過ぎていく。

すると、その風に舞う雪は吹雪のように休んでいる人たちに吹きつける。

「冷て冷て、寒みいって。てか、タバコ吸うと指の先が冷てぇ」

恭平はくわえタバコで、凍ったペットボトルのお茶の氷を握り壊しながら、

「痛てぇな、指先冷たすぎて蓋開かね。指が痛てぇ」

タバコを吸うと、まず指先の血行の悪さがやってくるのである。

ピーッ

「作業にかかれよぉ」

すると休んでいた人たちは無言のままに立ち上がり、作業に取り掛かる。ネ

ジを巻き直せば動き出す機械仕掛けの人形のように。

＊

だんだんと雪景色が青くなってくる。

雪は静かに降り続いていた。


「さあ、仕事が終わったらさっさと帰る。ぶっ飛ばすぞ」

社長は運転しながら、

「おい、康太。今日十時から高井の現場来れるか?」

先ほどの雪掻きの現場で仕入れた仕事のようだ。仕事始めに談笑していたが、その時であろう。その後は社長もツルハシを持って雪掻きに加わっていた。

「バイト君も来れるか？　二人で俺の所で休んでろよ。時間に送って行ってやるから」

康太は前日の午後に寝ないで飲みに行ったことを後悔して言った。

「いや、社長。恭平もいるからオレん家で休んでるわ」

「そっか。じゃあ、このままお前の家行ってやるよ。車は俺の所に置いとけばいいだろ」

恭平は康太が言った「あれでもう六十過ぎてんだよ。バケモンだべさ」という、わかばでのセリフを思い出した。

「よっしゃ、また仕事となれば、早よ帰って休まなきゃならんな」

「社長も休むっしょ？」

「いやぁ、寝る時間もあんまりねぇし、オレは飲む!!」

酒もタバコも体によくないと言われている。が、中にはいつまでも健康な人もいる。

世の摩訶不思議である。


「着いたら起こしてやるからお前らは寝てろよ。運転はオレの持ち場なんだからいいぞ。おい、康太、現場ではオレ休んでるからバイトのこと頼むぞ」

「休むったって、どうせ仕事ひろってるんだべ」

「人が欲しがってるもん見つけてんだよ。明日も雪掻きの仕事入らねぇかなぁ」


――あれでもう六十過ぎてんだよ。バケモンだべさ。

＊

「明日休みくれるって言うから、たまには街に飲み行こうぜ」

高井の仕事を終えて康太は恭平を誘った。

「へぇ、社長はどうしてんの？」

「あいつ、雪掻きに行った」

「……バケモンだな」

「で、街行く？」

「いや、街は高ぇよ」

「いいべさ。日当入ったんだから」

街とは、この「わかば」がある駅から三駅行った所にある、繁華街である。

「仕事の付き合いで行ったことある店にボトルあるから行くべ。そこならオレの顔知ってるのもいるしさ」

「寝て起きたら連絡するわ」

*

「そんなら、迎えに行くから」

携帯電話を切った康太は恭平のアパートに車で向かった。

飲酒運転で警察のご厄介になるようなことはなかった時代。夜の席でも、法事の席でも、結婚式でも車で行っていた。

夜の繁華街も、料亭も、法事の酒席も大いに賑わっていた。

お酒による事故がなかったわけでは決してない。

事知れず水面下に動き、ある時カタンと変わってしまったように結果が現れる。ある時の健康診断で、医者から急に病気が言い渡されるように。「原因は生活習慣です」と言い渡されるように。

一つ一つの事実は、垂れ落ち続ける一滴の水が石に穴を穿つように、飲酒運転による傷跡もまた人心に刻まれ、ある時には溜ったものが溢れ出し流れ始める。

殊に善悪の大小はあるが、善は善であり、悪は悪に違いなく、積もり流れ始めれば、事の大小ではなく、流れとして捉われ、影響は浸透していった。

まずは腹ごしらえと居酒屋に入る。

腰掛け椅子のテーブル席がいくつも並び、上がり座敷にテーブルが三席。五十名ほど入れる、ポップな曲が流れる大衆居酒屋だ。

学生は合コンで盛り上がり、仕事帰りのサラリーマンや作業着の連中、同伴であろう衣装と化粧に包まれた女性と冴えないおじさん。

康太と恭平は四人掛けのテーブル席につき、生ビールと豚キムチ、軟骨唐揚げ、ほっけ焼き、揚げパスタと、安く腹に溜まるものを注文する。

「いつも、わかばで何も食わないから、たまにはいいな」

恭平が嬉しそうにしていると、

「忘年会だべさ」

「いや、忘年会ってオッサンじゃねんだから」

恭平がすぐに返す。

上がり座敷の間仕切りの向こうでは、スーツを着たサラリーマンが六人で飲んでいる。

突然そのうちの一人が大声というより声を荒げた。他の客が振り向くほどに吐き出すように叫んでいる。それに呼応するように他の者たちも大声を上げる。

「うるせぇよ、あいつら。やるか？　恭平」

康太は気だけ喧嘩っぱやいところがある。

「何吠えてんの？　上司の愚痴？」

「だべ、マジうるせぇ。わかばには、ああいう奴いねぇな」

「おかあさんなら怒ってるよ。『傍目が分かんないのを傍迷惑って言うんだよ』ってさ。あぁあ、オレも社会人なったらあんなんと飲まなあかんのかねぇ」

恭平が溜め息交じりに言う。

「ははっ、大丈夫だって、お前は会社員には向いてねぇから」

「ならいいけどさ。何のために頑張って勉強して、会社入ってストレス溜めて愚痴らなきゃならねんだよ」

「お前、マジでウチの会社入れや。あんな酒飲む奴いないよ」

この頃はまだ正社員以外は職に就いたとは認知されなかった。「浪人生」「プータロー」と言われ、「ニート」は落伍者のような扱いであった。

「ホントにそうしようかな。いい会社入って不味い酒より、体使って美味い酒飲みたいってのはあるよな。あいつらの酒は体に悪そうだ」

「ははっ、こないだのわかばの時と違って今日は美味いしょ」
「いや、雪掻きから今日の仕事まで最低だったけど、今、解放感ハンパないから」

魚のアラをあてにして酒を飲むか、人のアラをあてにして酒を飲むか。
酒を飲むにも上手な酒、拙い酒がある。
人目も憚らず、絡んだり泣いたりする酒もある。
ただそれも、酒が気持ちをほどいてくれたからだ。
「酒は憂いを払う玉箒《たまははき》」という。
冬の寒さが熱燗をより美味しくし、夏の暑さが冷たいビールを美味しくする。

ただ、掃き散らせば埃は舞い上がってしまう。
高級な酒席に居心地よく感じる者もいる。かしこまった酒を不味く感じる者もいる。
美味い酒とは……。
上手な酒とは……。

♪　惚れた私が　悪いのか
迷わすお前が　悪いのか
ねえトンコ　トンコ

暮れ　変わらぬ味

もうすぐ除夜の鐘が鳴り始める時間になる。

「さぁさぁ、そろそろお店閉めるよ」

おかあさんが手を叩いて言う。

長くやっているうちに、大晦日は常連客と一緒に初詣に行くようになり、それじゃあ、お店で年越しそばとおでんと甘酒を用意して待っていようか、というのが恒例になった。いつも七人ほどが集まって暖をとって除夜の鐘の合図を待つ。

「ああ、あったまった。生姜入れると温まるねぇ」

リエちゃんが甘酒の湯呑みを返しながら言った。

「ちょいと便所」

「うん、会長、今のうちに行っといてよ。初詣は混むから」

「今年初めて呼ばれたけど、こんな年の瀬までやるなんてよく働くね」

とりあえず、経過観察で進行は見られないという状態であるヤスくんは、励ましの意味も込めて、おかあさんに呼ばれたのである。

「まあねぇ。でも、どうせ旦那もいないし、子供も大きくなって友達付き合いで忙しいみたいだから、自分のことしかないでしょ。あんまりやる気しないのよね、自分のことって。やっぱり働くことは『傍《はた》が楽《らく》になること』って言うだけあって、誰かのためにってのがないとねぇ」

「そんなもんかい？　楽しいの？」

「楽しいというのか……自分がやったことで人が喜んでくれることが嬉しいと思ったんさねぇ。そういう時間やお金の使い方に幸せを感じられることが幸せだったんだなって、一人になって分かったんさ。家族が窮屈でやめちゃったんだけど、何が幸せかを教えてくれたのは、やっぱり家族だったたねぇ。だからって、もうあの旦那とはこりごりなんだけどね」

「おかあさん、苦労してるね」

ヤスくんが笑いながら言う。

「苦労ってのは、自分の思い通りにならないことに労しなきゃいけないからなんだってさ。ヤスくんだって、自分の体なのに思い通りにならなくて苦労してるでしょ」

「思い通りにならない……かぁ。確かに自分の体なのに苦労してんなぁ」

「体もそうだけどさ、歳取ると待ち遠しいってことなくないかい?」

「待ち遠しいことねぇ」

「前にリエちゃんと、歳取るとときめかなくなるよねぇって大笑いしてたのさ。ねぇ、リエちゃん」

するとリエちゃんは思い出し笑いを含めて、

「そんなことあったねぇ」

「婆さん二人でときめかないって、何言ってんのさ」

ヤスくんは呆れたような顔をしている。

「若い頃はさぁ。休みの日が待ち遠しくて、どっか出かけるとありゃ、夜は眠られなくてさ。頭の中楽しみでいっぱいになっちゃって、時間が過ぎてかなかったもんさね。それがだんだん刺激にも慣れてきちゃうと、『代わり映えないだろう』みたいに特別なことでもなくなってさぁ。そうするといつの間にかこうやって年末が来て、一年早いなぁってなってきちゃって、気も焦ってくるさね。何か見つけないとって」

おかあさんは喋ってる途中に、会長がトイレから席に戻ってきたのでおしぼりを取り、会長に渡しながら答えた。

「ああ、それは何か分かる気するな。おかあさん、今何かときめいてるの？」

「ときめきの話を会長にもしたらさ、歳だからお酒は控えなさいって医者から言われてるから、ここでだけ飲むようにしてくれてるらしくて、飲めない日は待ち遠しいって。ねぇ、会長」

「ふぁっ、ほっほっほっほ、待ち人はなかなか来んわい」

「こうやってお店待ち遠しくしてくれる人が嬉しそうに来てくれるのは、こっちも待ち遠しいし、お客さんからいろんな人生風景や話を聞くと自分の視野が広がるから。今日はどんな面白い話できるかなって楽しみさね。何しろ自分の殻の中で闇雲に頑張ってても埒が明かないことってあるでしょ。その頑なさが晴れてくみたいのってさ、人情が一番の薬じゃない。そんなのがこじんまりとした居酒屋にはあるような気がするさね。

あとは、やっぱりお互い独り善がりじゃ、やがてはいがみ合いにしかならないから、相手が喜ぶように努めることで、喜び合える幸せを感じられるようにって願わなきゃって思うさね。

今日もそんなことができないかなって、このお婆さんはときめいてるかな。ってヤスくん！　そんなに歳変わんないでしょ」

ゴ〜〜ン

除夜の鐘が鳴り始めた。

「あら、十一時になっちゃった。会長、コート着てよ。神社に行くよ。さぁ、来年もみんなで良い年になるようにお願いしなきゃね」

＊

居酒屋わかば――

お店は、稲荷神社前の門前通りの脇道を西に入ってすぐ、駅前大通りの一角にある。

店の前を通ると演歌がこぼれてくる。

「人は苦労の種子にきっと新しい芽を出す。
そんな思いで『わかば』って名前にしたのよ」
このお店は、家《うち》に持って帰れない話を置いていく所。
飲んで話して元気をもらって、頑晴る。
そしてまた、
「明日からも願張る」

著者プロフィール

大巖 しゅんゆう（だいがん しゅんゆう）

昭和 56 年、愛知県生まれ

曹洞宗住職

既刊書『四十にして立つ　こころの肥やし』（2023 年　文芸社刊）

居酒屋わかば

2024年 9 月15日　初版第 1 刷発行

著　者　大巖 しゅんゆう
発行者　瓜谷 綱延
発行所　株式会社文芸社
〒 160-0022　東京都新宿区新宿 1－10－1
電話　03-5369-3060（代表）
03-5369-2299（販売）

印刷所　株式会社エーヴィスシステムズ

ISBN978-4-286-25645-0　　JASRAC 出 2405111-401